Analyse de l'œuvre

Par Vincent Guillaume
et Pauline Coullet

La Métamorphose

de Franz Kafka

Rendez-vous sur lepetitlitteraire.fr et découvrez :

Plus de 1200 analyses
Claires et synthétiques
Téléchargeables en 30 secondes
À imprimer chez soi

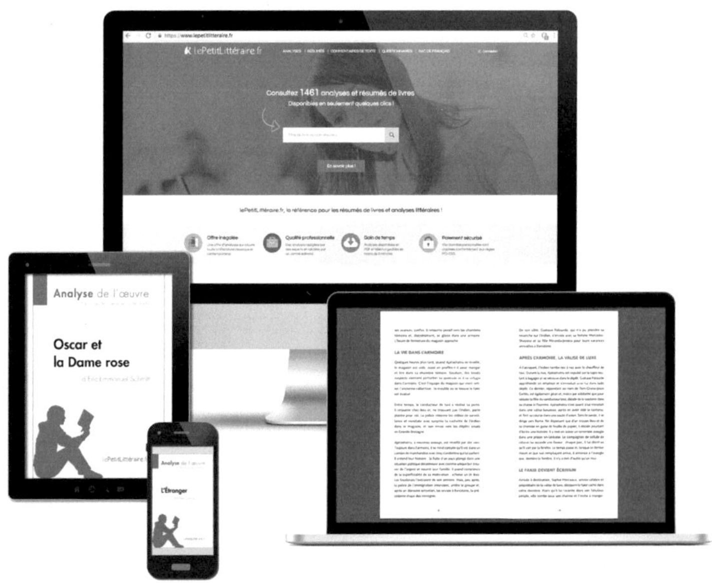

FRANZ KAFKA

ROMANCIER ET NOUVELLISTE DE LANGUE ALLEMANDE

- **Né en 1883 à Prague**
- **Décédé en 1924 près de Vienne**
- **Quelques-unes de ses œuvres :**
  - *Le Procès* (1925), roman
  - *Le Château* (1926), roman
  - *Lettre au père* (1953, à titre posthume), lettre

Écrivain majeur du xxᵉ siècle, Franz Kafka n'est pas un auteur sans équivoque : son œuvre a donné lieu à de très nombreux commentaires et interprétations. Ses textes reflètent notamment l'aliénation de l'homme moderne, les forces sociétales mystérieuses mais implacables régnant sur son existence, ainsi que sa vaine quête de réponses dans un monde incompréhensible.

Juif de langue allemande habitant Prague, Kafka doit écrire la nuit, car il travaille dans un bureau le jour. Restés méconnus de son vivant, ses écrits ont acquis une popularité grandissante après sa mort. Parmi ceux-ci, les plus célèbres sont certainement *La Métamorphose* et Le *Procès*.

LA MÉTAMORPHOSE

DANS LA PEAU D'UN INSECTE

- **Genre :** nouvelle
- **Éditions de référence :**
  - *La Métamorphose*, traduit de l'allemand par Brigitte Vergne-Cain et Gérard Rudent, Paris, Le Livre de Poche, 2006, 192 p.
  - *Die Verwandlung*, in *Sämtliche Werke*, Francfurt am Main, Suhrkamp, 2008, 117 p.
- **1ʳᵉ édition :** 1915
- **Thématiques :** transformation, déclin, incompréhension, honte, rejet, humiliation

Écrit fin 1912 et publié fin 1915, *La Métamorphose* est sans nul doute le texte le plus connu de Kafka. Cette nouvelle angoissante met en scène Gregor Samsa, un employé banal, transformé du jour au lendemain en un gigantesque insecte. Inspirant peur et dégout à son entourage, il doit rester confiné dans sa chambre, où sa nouvelle vie se met en place.

Aucune explication n'est donnée quant à cette métamorphose : seules les conséquences en sont explorées, avec une minutie et une objectivité toutes kafkaïennes. Devenu un poids et un parasite pour sa famille, l'infortuné Gregor Samsa subit un horrible déclin marqué par la honte, la dépendance d'esprit et l'humiliation.

RÉSUMÉ

PREMIÈRE PARTIE

Un matin, Gregor Samsa, représentant de commerce, se retrouve métamorphosé en un énorme insecte. Toutefois, il semble moins se soucier de cette inexplicable transformation que de sa journée de travail qui, pense-t-il, est toujours devant lui. Il songe à rester encore un peu au lit, peste contre ses conditions de travail (tout en s'expliquant sa métamorphose comme une illusion imputable à sa fatigue) et constate avec horreur qu'il est bien plus tard que ce qu'il pensait. Il a donc raté le premier train.

Sa famille vient s'enquérir de son retard et l'appelle à travers les portes de sa chambre, alors qu'il tente péniblement de s'extraire de son lit. Lorsque quelqu'un sonne à la porte, il écoute et reconnait la voix du fondé de pouvoir en personne, également venu voir pourquoi Gregor ne s'est pas présenté au travail. En s'énervant contre les procédés intrusifs et tyranniques de la firme qui l'emploie, Gregor parvient finalement à sortir du lit. Refusant de laisser entrer qui que ce soit, il est sermonné par le fondé de pouvoir, qui en profite pour lui reprocher devant ses parents ses derniers résultats peu satisfaisants et le menacer de renvoi.

Piqué au vif, Gregor s'affole, tente de se justifier d'une voix incompréhensible et entreprend d'ouvrir la porte, tandis qu'au-dehors, on le croit malade. C'est le branlebas de combat familial : on envoie une domestique et Grete, la sœur de Gregor, chercher un serrurier et un médecin. Ayant finalement réussi à ouvrir la porte, Gregor se montre à tous et provoque la stupeur générale. Sa mère s'effondre puis devient hystérique, le fondé de pouvoir s'enfuit, et son père refoule Gregor dans sa chambre.

DEUXIÈME PARTIE

Gregor, réveillé, s'aperçoit qu'il a reçu à manger. Mais les aliments frais le dégoutent désormais et, lorsque sa sœur s'en rend compte, elle lui apporte plusieurs échantillons, dont des restes pourris que Gregor dévore avec joie. Grete semble avoir pris la décision de s'occuper de son frère comme d'un malade, le nourrissant et nettoyant sa chambre, à condition qu'il ne s'expose pas à sa vue.

Gregor est délaissé : personne, à part sa sœur, ne lui rend visite et nul ne lui adresse la parole car, étant donné qu'il ne peut plus parler, on en conclut – à tort – qu'il ne comprend rien. Il cherche toutefois à se tenir au courant en écoutant à travers les portes et constate avec honte que la famille, privée de son soutien financier, se prépare à des temps difficiles. M. Samsa, même si son fils n'en a jamais rien su, a conservé des économies et des placements du temps de la création infructueuse de son entreprise. Cependant, pour survivre, il est décidé que M. et Mme Samsa, ainsi que Grete, devront tous trois prendre un emploi.

Remarquant que Gregor, qui laisse des traces derrière lui, aime se balader sur les murs et au plafond, Grete décide de vider complètement sa chambre (à l'exception du canapé sous lequel il se cache dès qu'elle entre) pour plus de commodité. Elle demande l'aide de sa mère qui, durant le déménagement des meubles, lui fait part des doutes que lui inspire la vue déprimante des murs désormais nus. Mais Grete ne veut rien entendre. Quant à Gregor, touché par les paroles de sa mère, il change d'avis et refuse de se laisser déshumaniser. Il jaillit de dessous le canapé, s'accroche à son précieux portrait d'une dame en manteau de fourrure et, pour la première fois confus et agressif, se sent prêt à sauter au visage de sa sœur si elle cherche à le décrocher.

Lorsqu'elle l'aperçoit, sa mère s'évanouit. Grete part chercher des sels, suivie par Gregor qui, confus, veut l'aider. Elle prend peur lorsqu'elle remarque sa présence et bat en retraite en l'enfermant dans la salle à manger. Ensuite, M. Samsa, revenu du travail, entreprend de punir Gregor en le bombardant de pommes : l'une d'elles le blesse gravement en s'encastrant dans son abdomen. Gregor a juste le temps de voir sa mère sauter au cou de son père et le supplier d'épargner leur fils avant de perdre conscience.

TROISIÈME PARTIE

Les conditions de vie de la famille Samsa se sont largement détériorées. Les domestiques ont été congédiées et remplacées par une vieille femme d'ouvrage, une forte tête ne craignant pas Gregor (qu'elle traite de « vieux bousier »). Père, mère et fille travaillent dur, et sont épuisés et désespérés. Gregor, handicapé par sa blessure, témoin rongé par la honte du déclin familial, ne dort et ne mange presque plus. Il est perdu dans ses souvenirs, se laisse recouvrir par la poussière et les saletés, et adopte des comportements véritablement infantiles, s'amusant par exemple à mâchonner des morceaux de nourriture juste pour les recracher par terre.

Une chambre de l'appartement est louée à trois messieurs despotiques et obsédés par l'ordre et la propreté ; dès lors, tous les objets inutiles et encombrants sont jetés dans la chambre de Gregor, vite transformée en débarras. Un soir, les trois locataires demandent à M. Samsa si Grete peut jouer du violon pour eux après le repas et celle-ci s'exécute.

Gregor, transporté par la musique, croit percevoir en elle et en la beauté de sa sœur une promesse de rédemption. Saisi de pensées agréables et confuses, presque incestueuses, il rampe hors de sa chambre pour s'approcher de Grete. Les locataires l'aperçoivent ; M. Samsa tente de les repousser dans leur chambre pour leur épargner ce spectacle, mais ils décident de quitter l'appartement sans payer et même d'entamer une procédure pour obtenir un dédommagement.

Grete frappe sur la table et déclare que ce n'est plus possible, que la famille a assez souffert et qu'il faut absolument se débarrasser de Gregor. Mme Samsa réagit par une crise d'asthme et M. Samsa, résigné, acquiesce. Gregor est d'accord avec sa sœur et retourne dans sa chambre où, rattrapé par la faiblesse due à son jeûne prolongé, il ne peut plus bouger. Il se laisse paisiblement mourir durant la nuit. Au matin, la famille se recueille brièvement devant son cadavre, puis décide de se changer les idées. Une nouvelle vie commence : les locataires sont sèchement renvoyés, la famille discute du projet d'également congédier la femme d'ouvrage et de déménager. Finalement, tous trois écrivent des lettres d'excuse à leurs patrons respectifs, s'accordant un jour de repos à la campagne.

ÉTUDE DES PERSONNAGES

Dans ce récit, le lecteur n'assiste pas tant à la métamorphose de Gregor en insecte (celle-ci a déjà eu lieu alors que l'histoire commence), mais à celle de sa famille (notamment le père et la sœur) qui semble s'émanciper alors que Gregor dépérit.

GREGOR SAMSA

Gregor Samsa, représentant de commerce subvenant seul aux besoins de sa famille, est le type même du fils modèle. Il est célibataire, de bonne volonté mais assez borné. Il a le sens de la hiérarchie et de l'autorité, mais c'est un esprit très dépendant, tant de sa famille que de son travail. Coincé entre ces deux institutions, son rôle est pour lui à la fois source de fierté (d'offrir à sa famille une vie tranquille dans un bel appartement), mais aussi de frustrations, car son travail est particulièrement pénible. Il idéalise toutefois la place qu'il occupe. Il regrette que sa famille n'ait pas continué à lui montrer la même reconnaissance qu'au début, finissant par s'habituer à sa nouvelle fonction (« On acceptait l'argent avec gratitude et le lui donnait bien volontiers, mais il ne régnait plus autant de chaleur que dans les premiers temps », deuxième partie, p. 109). Sa position lui permet presque, de manière naturelle, de remplacer son père au rang de chef de famille, ayant apparemment assez de pouvoir pour envisager d'imposer sa décision d'envoyer sa sœur au conservatoire malgré l'avis contraire de ses parents (et les dépenses inconsidérées que cela occasionnerait).

À cause de son optimisme excessif, sa propension à ignorer ou à minimiser ses malheurs (par exemple, il considère initialement la métamorphose comme un malaise passager) le mène souvent à penser de manière complètement irréaliste (il songe ainsi à rattraper et à raisonner lui-même le fondé de pouvoir). Il regarde souvent la réalité avec des œillères, se raccrochant à tout espoir et l'exagérant pour ne plus voir que le positif.

Sa vie sentimentale laisse vraisemblablement à désirer (il est fait mention d'une caissière « à laquelle il avait fait sérieusement, mais trop lentement, la cour », troisième partie, p. 129), ce qu'il semble pallier par un certain fétichisme (par exemple l'épisode du tableau de la dame en manteau de fourrure). Il est également très proche de sa sœur, peut-être même trop, car c'est animé de pensées presque incestueuses qu'il sort de sa chambre pour la dernière fois.

Malgré le dégout qu'il inspire à ses proches, Gregor tente d'être conciliant et de ne déranger personne. Il est d'accord avec sa sœur lorsqu'elle déclare, exténuée, qu'elle ne peut plus le supporter. Il meurt quelques heures plus tard, apaisé.

M. SAMSA

M. Samsa, personnage inspiré par le père de l'auteur, est la figure paternelle kafkaïenne par excellence, c'est-à-dire une force de la nature, colérique et terrible, une figure autoritaire, quoique diminuée au départ dans la nouvelle étudiée. En effet, M. Samsa a subi un revers financier cinq ans auparavant (l'échec de son entreprise). Il s'est alors laissé aller, s'est apparemment affaibli et a perdu naturellement son autorité de patriarche au profit de Gregor depuis que celui-ci subvient aux besoins de la famille et rembourse la dette de son père vis-à-vis de son employeur actuel.

Cependant, à la suite de la métamorphose de Gregor, il est retourné travailler. Il semble devenu un autre homme, vigoureux, dominateur et redoutable pour son fils, qui « savait depuis le premier jour de sa vie nouvelle que son père considérait qu'envers lui seule la plus grande sévérité était de mise » (deuxième partie, p. 123).

M. Samsa n'a qu'à réaffirmer une autorité qu'il n'avait jamais complètement perdue (notamment de par sa mainmise discrète sur les finances) pour reprendre le contrôle de sa famille, ce que l'on remarque notamment après la mort de Gregor dans la troisième partie – il se sert de son aura patriarcale pour mettre les trois locataires profiteurs à la porte, et pour distraire sa femme et sa fille de leurs souvenirs douloureux.

GRETE SAMSA

Grete Samsa est la sœur de Gregor. Décrite au départ comme un peu vaine et puérile, et considérée par ses parents comme assez inutile, cette jeune fille de 17 ans n'a d'autre emploi du temps, avant la métamorphose de son grand frère, que de « s'habiller gentiment, à faire la grasse matinée, à donner un coup de main au ménage, à participer à de modestes divertissements et surtout à jouer du violon » (deuxième partie, p. 111).

Elle prend soin de Gregor sous sa nouvelle forme comme

pour satisfaire un caprice d'enfant, s'accaparant cette fonction comme une tâche extrêmement méritoire, une spécialité unique, dont les honneurs ne sont réservés qu'à elle seule. Elle va même jusqu'à « rendre pire encore la situation de Gregor, afin de pouvoir faire encore davantage pour lui » (deuxième partie, p. 118). Dans la dernière partie, elle doit toutefois renoncer à s'acquitter correctement de cette tâche à cause de son nouvel emploi, ce qui ne l'empêche pas de s'énerver quand sa mère effectue un grand nettoyage de la chambre derrière son dos.

Grâce à la confiance qu'elle acquiert au fil du récit, elle finit par renier Gregor, et par déclarer que la famille doit regarder la réalité en face et se débarrasser de lui à tout prix. Lors de la scène finale, elle n'est plus une enfant timide, mais une jeune femme séduisante, ce qui réjouit ses parents qui envisagent déjà de la marier pour améliorer davantage leur situation.

MME SAMSA

Mme Samsa est une mère douce, aimante et cherchant autant que possible à protéger son fils. Elle ne possède cependant pas la force de caractère nécessaire pour imposer son point de vue. Soumise, correspondant typiquement à la femme obéissante et effacée du modèle patriarcal, elle n'a, au final, pas droit à la parole.

Elle se retrouve complètement impuissante, comme terrassée par une crise d'asthme, lors de la dernière sortie de Gregor et du conseil de famille qui s'ensuit, durant lequel Grete explique qu'il faut se débarrasser de Gregor. Elle est la seule à réellement continuer à voir en Gregor un membre de la famille et à ne pas le renier, ce qui ne l'empêche pas de prendre part aux réjouissances finales lorsque ses souffrances disparaissent en même temps que son fils.

CLÉS DE LECTURE

L'ASPECT ÉCONOMIQUE : DÉPENDANCE, POUVOIR ET EXPLOITATION

La composante économique est essentielle dans *La Métamorphose* car elle régit en grande partie le mode de vie de la famille Samsa. Mieux encore, c'est la position du (non-) travailleur qui détermine ses relations vis-à-vis de son entourage, voire sa force vitale (M. Samsa et Grete sont passés du statut de faibles à celui de forts entre le début et la fin du récit, tandis que Gregor a effectué le parcours inverse).

Dans la situation initiale, la famille entière est dépendante de Gregor qui, en prenant un emploi pour maintenir leur précédent niveau de vie, s'est fièrement sacrifié pour tous. La raison d'un tel sacrifice est la faillite de l'entreprise de son père, dont Gregor va même jusqu'à payer la dette. Celui-ci en a toutefois conservé un bas de laine à l'insu de Gregor.

Toutefois, la vie à laquelle les Samsa sont habitués est manifestement au-dessus de leurs moyens, comme le prouvent leurs difficultés financières après la métamorphose de leur fils. Que Gregor soit incapable de les aider est donc la pire des catastrophes pour la famille, ce qui explique l'agitation générale qui règne lorsqu'elle s'imagine qu'il est peut-être malade. L'avenir familial dépend en effet de son assiduité au travail dans une firme qui ne tolère pas l'erreur.

D'une telle relation de dépendance découle notamment un

conflit père-fils, tacite, sous-entendu et ayant trait au pouvoir – car le pouvoir financier va ici de pair avec le pouvoir patriarcal :

- d'une part, Gregor est le nouveau chef de famille, car c'est lui qui la soutient et la fait vivre. Dès lors, il dispose d'une liberté de décision certainement supérieure à celle de son père, notamment sur la question d'envoyer Grete au conservatoire ;
- d'autre part, Gregor est l'esclave de sa famille. Non seulement son nouveau rôle devient vite ce que l'on attend de lui (et ce que, dans un sens, il est donc obligé d'accomplir) mais, surtout, son père continue de tirer les ficelles en ce qui concerne les finances familiales (en coulisses, bien sûr, car il reste également dépendant de son fils). Lorsque l'insecte Gregor apprend l'existence du pécule de son père, il s'empresse d'ignorer que ce pécule aurait pu lui permettre de régler plus rapidement la dette et de démissionner comme il l'aurait souhaité. Il approuve naïvement la gestion paternelle du trésor familial. Forcé de travailler plus longtemps contre son gré, il ne veut apparemment pas s'avouer qu'il a été dupé et exploité par son père. Cela dit, Gregor ne s'est probablement jamais plaint à voix haute de son travail, ne donnant ainsi à M. Samsa aucune raison de le soulager en lui annonçant l'existence de ses économies.

L'attitude de M. Samsa reste ambigüe : est-il calculateur ou simplement prévoyant ? A-t-il arrêté de travailler parce qu'il était véritablement effondré ou a-t-il simulé de devenir prématurément le vieillard qu'il est devenu au moment de la faillite de son entreprise parce qu'il voulait s'assurer une retraite anticipée ? Quoi qu'il en soit, après la métamorphose de Gregor, la puissance de M. Samsa – redevenu indépendant, père nourricier et donc légitime – est de nouveau totale : c'est le patriarche par excellence.

REFOULEMENT ET ALIÉNATION

La métamorphose de Gregor n'est pas totale. Son apparence est modifiée mais il reste en possession de ses capacités mentales. Il est par ailleurs le personnage le plus humain du récit (il est plein de bonne volonté, désolé de ne plus pouvoir travailler pour les siens, ému par la musique, etc.) Il y a donc une séparation terrible entre son corps et son esprit. Dès le début, il entreprend des gestes que son corps ne lui permet plus d'effectuer :

> « Il voulut d'abord sortir du lit par le bas du corps, mais cette partie inférieure de son corps, que d'ailleurs il n'avait encore jamais vue et dont il ne parvenait pas trop à se faire une idée précise, s'avéra trop difficile à mouvoir ; tout cela bougeait si lentement ; et quand enfin, exaspéré, il se poussa brutalement de toutes ses forces en avant, il calcula mal sa trajectoire et vint se heurter violemment à l'un des montants du lit. » (première partie, p. 84)

Pour tenter de réconcilier son corps et son esprit, Gregor modifie, inconsciemment, son comportement : il adapte sa nourriture à ses gouts d'insecte, se met à préférer les endroits petits et sombres, etc. Pourtant, son humanité ne disparait jamais totalement : Gregor est en conflit permanent avec lui-même. À titre d'exemple, lorsque Grete et sa mère enlèvent les meubles de sa chambre pour qu'il puisse ramper sur les murs, Gregor, d'abord heureux de retrouver un certain confort physique, réalise ensuite que le déplacement du tableau de la femme à la fourrure signera la perte de son seul réconfort moral.

La métamorphose partielle de Gregor est donc une aliénation : elle le dépossède de ce qui constitue son être essentiel, sa raison d'être. Son corps lui est désormais totalement étranger. En outre, elle le rend étranger à la société : physiquement et émotionnellement séparé de sa famille, il est devenu un parasite, et vit en « captivité » (deuxième partie, p. 108).

Il semblerait que cette aliénation existait déjà bien avant la métamorphose de Gregor. Lorsqu'il se réveille, il songe à son travail de représentant de commerce avec rancœur :

> « Ah, mon Dieu, pensa-t-il, quel métier exténuant j'ai donc choisi ! Jour après jour en voyage. Les ennuis professionnels sont bien plus grands que ceux qu'on aurait en restant au magasin et j'ai par-dessus le marché la corvée des voyages, le souci des changements de train, la nourriture irrégulière et médiocre, des têtes toujours nouvelles, jamais de relations durables ni cordiales avec personne. Le diable emporte ce métier ! » (première partie, p. 80)

Cinq ans avant le début du récit, lors de la faillite de l'entreprise de son père, Gregor s'est présenté avec enthousiasme comme le sauveur de la famille. Forcé ensuite d'assumer ce rôle jusqu'au bout, il s'est caché ses propres frustrations. Son travail est aliénant car il anéantit peu à peu Gregor. L'insecte est dès lors une métaphore devenue réalité : Gregor, rongé par son métier, s'est senti aussi petit et vulnérable qu'un insecte : son physique devient, après la transformation, le reflet de son intériorité.

KAFKA ET LA FIGURE DU PÈRE

La Métamorphose peut être perçu comme un récit ayant une certaine portée autobiographique. En effet, le récit de Gregor est, en quelque sorte, l'aboutissement de la réflexion entamée dans la *Lettre au père*, un texte que Kafka a rédigé à l'attention de son père mais qu'il n'enverra jamais et qui sera publié de manière posthume. Il y évoque sa relation conflictuelle avec son père, son enfance « corrompue » par une éducation autoritaire, qui a ancré en lui un profond sentiment de culpabilité et de solitude. Il dénonce l'attitude de son père, autoritaire et tyrannique :

> « De ton fauteuil, tu gouvernais le monde. Ton opinion était juste, toute autre était folle, extravagante, *meschugge [insensée]*, anormale. Et avec cela, ta confiance en toi-même était si grande que tu n'avais pas besoin de rester conséquent pour continuer à avoir raison. » (KAFKA F., *Lettre au père*, p. 8)

Le père de Kafka est reconnaissable sous les traits de M. Samsa : ils sont tous les deux des patriarches assez durs, peu aimants et manipulateurs (le père de Gregor garde de l'argent dans le dos de son fils).

Le père de Kafka semblait vouloir façonner la personnalité de ses enfants à son image, plutôt que de les voir s'épanouir librement et n'appréciait pas le caractère de son fils Franz, timide, chétif, taciturne et contemplatif. Kafka se trouve alors déchiré entre le mépris de lui-même et la haine d'un père incapable de détecter sa sensibilité littéraire. Il est un monstre pour son géniteur, une anomalie. Ce n'est donc pas anodin si, dans sa nouvelle, le personnage principal se transforme littéralement en un insecte répugnant aux yeux de son père.

Mais Kafka semble aussi désigner son propre père comme un monstre. Dans la *Lettre au père*, il dénonce sa présence écrasante :

> « J'étais déjà écrasé par la simple existence de ton corps. Il me souvient, par exemple, que nous nous déshabillions souvent ensemble dans une cabine. Moi, maigre, chétif, étroit ; toi, fort grand, large. Déjà dans la cabine je me trouvais lamentable, et non seulement en face de toi, mais en face du monde entier, car tu étais pour moi la mesure de toutes choses. » (*id.*)

Cette impression d'écrasement est reproduite littéralement dans *La Métamorphose* puisque le père, lorsqu'il découvre pour la première fois Gregor transformé, tente instinctivement de l'écraser. Plus tard, il l'attaque une nouvelle fois en lui jetant des pommes. L'une d'entre elles s'encastre dans son dos et y pourrit pendant plusieurs jours :

> « Cette grave blessure, dont Gregor souffrit plus d'un mois – personne n'osant enlever la pomme, elle resta comme un visible souvenir, fichée dans sa chair – parut rappeler, même à son père, qu'en dépit de la forme affligeante et répugnante qu'il avait à présent, Gregor était un membre de la famille, qu'on n'avait pas le droit de le traiter en ennemi. »

(*La Métamorphose*, p. 120)

Gregor voit dans sa blessure le traitement injuste et humiliant que son père lui a infligé. C'est cette pomme qui entrainera sa mort.

Cette nouvelle peut être vue comme la dénonciation de l'attitude du père et les conséquences néfastes que cela a engendré sur le fils : il est une des causes à l'origine de l'aliénation de son fils.

LA NARRATION PERSONNELLE

Dans *La Métamorphose*, la narration est à la troisième personne du singulier et est écrite au passé, et se limite à donner le point de vue du héros. Le lecteur voit tout ce que Gregor observe et connait ses pensées, mais ignore tout ce qu'il ignore et n'a donc accès qu'à une compréhension limitée de ce qui se passe réellement dans l'univers du récit. Il ne peut pas vraiment se fier aux informations relayées par le narrateur, ce qui contribue également au sentiment d'incompréhension : si Gregor ne sait pas ce qui lui arrive, alors le lecteur non plus.

Parce qu'il se limite au point de vue de Gregor, le narrateur semble se confondre avec lui :

- il ne fait pas de commentaire qui ne correspondrait pas aux pensées de Gregor ;
- il ne revient pas en arrière pour expliquer un fait plus en détail ni n'anticipe la suite du récit ;
- sa voix ne se distingue pas toujours de celle de Gregor.

Ainsi, le discours indirect libre, également à la troisième personne du singulier rédigé au passé, n'utilise ni guillemets ni introduction qui permettrait de signaler que les pensées du personnage sont rapportées.

Il s'agit donc d'une forme d'objectivité (paradoxalement par rapport à la subjectivité du protagoniste) destinée avant tout à empêcher le lecteur de se distancier de la perspective du personnage.

Les erreurs de Gregor ne sont bien sûr pas présentées comme telles, et c'est au lecteur, malgré tout, de s'en apercevoir par lui-même, de tirer des conclusions en comparant les pensées de Gregor avec les autres faits relatés dans le texte. Heureusement, il est parfois assez flagrant que Gregor se trompe, par exemple lorsqu'il préfère s'imaginer que si Grete sort avec précipitation de sa chambre et en verrouille la porte après lui avoir apporté sa nourriture, c'est « par délicatesse » (deuxième partie, p. 105), parce qu'elle sait qu'il n'osera pas manger devant elle et pour lui faire comprendre qu'il peut désormais le faire à son aise.

UN GENRE AMBIGU

Il est assez difficile de classer la nouvelle de Kafka dans un genre précis.

Au premier abord, l'histoire semble fantastique : un élément surnaturel (la métamorphose de Gregor) survient dans un cadre réaliste (la maison familiale). Mais cette irruption implique habituellement un choc pour le héros, qui, de manière générale, commence par rejeter cet élément étrange. C'est le cas, par exemple, dans *Frankenstein* de Mary Shelley (romancière anglaise, 1797-1851), où le docteur rejette le monstre qu'il a créé. Pourtant, dans la nouvelle de Kafka, la métamorphose en soi ne pose pas problème : la famille l'accepte comme un phénomène courant, et tente de s'y adapter plutôt que de fuir ou de sauver Gregor. Dans *Le Mythe de Sisyphe* (p. 171), Albert Camus (écrivain français, 1913-1960) dira : « On ne s'étonnera jamais assez de ce manque d'étonnement ».

La transformation de Gregor est, somme toute, absurde : plus que surnaturelle, elle est irrationnelle. Elle survient sans raison, et n'est même pas perçue comme une punition – Gregor étant un très bon fils et un frère aimant, qui ne mérite pas ce qui lui arrive. Cette absence d'explication renvoie directement à l'absurde : la situation échappe à toute logique. Le héros devient étranger à une existence dont il ne saisit plus le sens. L'entourage de Gregor ne trouve pas la métamorphose incroyable mais dégoutante. Les locataires sont seulement dérangés par la saleté de Gregor plutôt que par l'anomalie qu'il représente :

> « Le père trouva plus important, au lieu de chasser Gregor, d'apaiser d'abord ses locataires, bien que ceux-ci ne semblassent nullement nerveux [...] "Je déclare", dit-il en levant la main et en cherchant du regard la mère et la fille, "que, vu les conditions répugnantes qui règnent dans cet appartement et dans cette famille" – ce disant, il cracha par terre d'un air décidé –, "je déclare que je vous donne congé sur-le-champ. " » (troisième partie, p. 137)

À travers l'absurde, Kafka fait passer un message. *La*

Métamorphose peut en effet être comprise comme un conte philosophique : un récit bref, fictif, doté d'une morale explicite ou implicite. L'histoire absurde et cruelle de Gregor rend presque supportable l'expérience de l'exclusion et de l'aliénation : elle symbolise la marginalisation d'un individu dans une société étouffante et intolérante. Elle dénonce aussi l'aliénation du travail : Gregor est littéralement anéanti par son métier, et devient étranger à lui-même. Le récit pose enfin la question de l'humanité : qu'est-ce qu'être humain ? Est-ce lié à l'esprit (comme Gregor, qui, malgré son apparence, reste animé d'une humanité) ou au corps (comme le fondé de pouvoir ou les trois locataires qui, malgré leur apparence humaine, sont monstrueux dans leur attitude) ? La question qui subsiste à la fin de la nouvelle est bel et bien la suivante : qu'est-ce qui nous rend dignes d'humanité ?

PISTES DE RÉFLEXION

QUELQUES QUESTIONS POUR APPROFONDIR SA RÉFLEXION…

- Le fait de regarder par la fenêtre, comme Gregor aime encore le faire, est un motif récurrent dans les écrits de Kafka. Que vous inspire-t-il ?
- Quelles différences et similitudes voyez-vous entre *La Métamorphose* et le genre du conte tel que vous le connaissez ?
- Donnez des exemples de passages où, selon vous, la voix du narrateur est en réalité celle de Gregor. À quoi le voyez-vous ?
- Auriez-vous plutôt tendance à condamner l'attitude de la famille de Gregor envers lui ou à compatir avec elle ? Justifiez.
- Comment décririez-vous les raisonnements de Gregor au tout début du récit ?
- Comparez le personnage de M. Samsa avec Hermann Kafka tel que son fils, Franz, le représente dans sa *Lettre au père*.
- Selon vous, à quel genre ce récit appartient-il ?
- Pourquoi peut-on dire que l'argent est essentiel dans cette nouvelle ? Expliquez.
- À votre avis, ce texte constitue-t-il une dénonciation ? Justifiez votre réponse.
- Serait-il possible de réaliser une adaptation cinématographique de *La Métamorphose* ? Comment vous y prendriez-vous ?

Votre avis nous intéresse !
Laissez un commentaire sur le site de votre librairie en ligne
et partagez vos coups de cœur sur les réseaux sociaux !

POUR ALLER PLUS LOIN

ÉDITIONS DE RÉFÉRENCE

- Kafka F., *La Métamorphose*, traduit de l'allemand par Brigitte Vergne-Cain et Gérard Rudent, Paris, Le Livre de Poche, 2006.
- Kafka F, *La Métamorphose et autres récits*, traduit de l'allemand par Claude David, Paris, Gallimard, coll. « Folio classique », 1990.
- Kafka F., *Die Verwandlung*, in *Sämtliche Werke*, Frankfurt am Main, Suhrkramp, 2008. Toutes les citations sont traduites de l'allemand par l'auteur de la présente fiche de lecture, à partir de ce texte.

ÉTUDES DE RÉFÉRENCE

- Bancaud F., « De l'éducation corruptrice ou les années de déformation du jeune Kafka », in *Germanica*, 2002, consulté le 13 novembre 2016, http://germanica.revues.org/2152
- Camus A., Le Mythe de Sisyphe, Paris, Gallimard, 1965.
- Kafka F., *Lettre au père*, Paris, Folio, 2002.
- Poizat J.-C., *La Métamorphose de Kafka : leçon littéraire*, Paris, Presses universitaires de France, 2004.

SUR LEPETITLITTÉRAIRE.FR

- Fiche de lecture sur *Le Château* de Franz Kafka.
- Fiche de lecture sur *Le Procès* de Franz Kafka.
- Fiche de lecture sur *Lettre au père* de Franz Kafka.

www.lepetitlitteraire.fr

ISBN version numérique : 978-2-8062-1794-3
ISBN version papier : 978-2-8062-1277-1
Dépôt légal : D/2013/12603/420

Avec la collaboration de Pauline Coullet pour les chapitres suivants : « Refoulement et aliénation », « Kafka et la figure du père » et « Un genre ambigu ».

Conception numérique : Primento,
le partenaire numérique des éditeurs.

Ce titre a été réalisé avec le soutien de la Fédération Wallonie-Bruxelles, Service général des Lettres et du Livre.

Retrouvez notre offre complète sur lePetitLittéraire.fr

- des fiches de lectures
- des commentaires littéraires
- des questionnaires de lecture
- des résumés

ANOUILH
- Antigone

AUSTEN
- Orgueil et Préjugés

BALZAC
- Eugénie Grandet
- Le Père Goriot
- Illusions perdues

BARJAVEL
- La Nuit des temps

BEAUMARCHAIS
- Le Mariage de Figaro

BECKETT
- En attendant Godot

BRETON
- Nadja

CAMUS
- La Peste
- Les Justes
- L'Étranger

CARRÈRE
- Limonov

CÉLINE
- Voyage au bout de la nuit

CERVANTÈS
- Don Quichotte de la Manche

CHATEAUBRIAND
- Mémoires d'outre-tombe

CHODERLOS DE LACLOS
- Les Liaisons dangereuses

CHRÉTIEN DE TROYES
- Yvain ou le Chevalier au lion

CHRISTIE
- Dix Petits Nègres

CLAUDEL
- La Petite Fille de Monsieur Linh
- Le Rapport de Brodeck

COELHO
- L'Alchimiste

CONAN DOYLE
- Le Chien des Baskerville

DAI SIJIE
- Balzac et la Petite Tailleuse chinoise

DE GAULLE
- Mémoires de guerre III. Le Salut. 1944-1946

DE VIGAN
- No et moi

DICKER
- La Vérité sur l'affaire Harry Quebert

DIDEROT
- Supplément au Voyage de Bougainville

DUMAS
- Les Trois
  Mousquetaires

ÉNARD
- Parlez-leur
  de batailles,
  de rois et
  d'éléphants

FERRARI
- Le Sermon sur la
  chute de Rome

FLAUBERT
- Madame Bovary

FRANK
- Journal
  d'Anne Frank

FRED VARGAS
- Pars vite et
  reviens tard

GARY
- La Vie devant soi

GAUDÉ
- La Mort du
  roi Tsongor
- Le Soleil des
  Scorta

GAUTIER
- La Morte
  amoureuse
- Le Capitaine
  Fracasse

GAVALDA
- 35 kilos d'espoir

GIDE
- Les
  Faux-Monnayeurs

GIONO
- Le Grand
  Troupeau
- Le Hussard
  sur le toit

GIRAUDOUX
- La guerre de
  Troie
  n'aura pas lieu

GOLDING
- Sa Majesté des
  Mouches

GRIMBERT
- Un secret

HEMINGWAY
- Le Vieil Homme
  et la Mer

HESSEL
- Indignez-vous !

HOMÈRE
- L'Odyssée

HUGO
- Le Dernier Jour
  d'un condamné
- Les Misérables
- Notre-Dame
  de Paris

HUXLEY
- Le Meilleur
  des mondes

IONESCO
- Rhinocéros
- La Cantatrice
  chauve

JARY
- Ubu roi

JENNI
- L'Art français
  de la guerre

JOFFO
- Un sac de billes

KAFKA
- La Métamorphose

KEROUAC
- Sur la route

KESSEL
- Le Lion

LARSSON
- Millenium 1. Les
  hommes qui
  n'aimaient pas
  les femmes

LE CLÉZIO
- Mondo

LEVI
- Si c'est un
  homme

LEVY
- Et si c'était vrai…

MAALOUF
- Léon l'Africain

MALRAUX
• La Condition
  humaine

MARIVAUX
• La Double
  Inconstance
• Le Jeu de l'amour
  et du hasard

MARTINEZ
• Du domaine
  des murmures

MAUPASSANT
• Boule de suif
• Le Horla
• Une vie

MAURIAC
• Le Nœud
  de vipères

MAURIAC
• Le Sagouin

MÉRIMÉE
• Tamango
• Colomba

MERLE
• La mort est
  mon métier

MOLIÈRE
• Le Misanthrope
• L'Avare
• Le Bourgeois
  gentilhomme

MONTAIGNE
• Essais

MORPURGO
• Le Roi Arthur

MUSSET
• Lorenzaccio

MUSSO
• Que serais-je
  sans toi ?

NOTHOMB
• Stupeur et
  Tremblements

ORWELL
• La Ferme
  des animaux
• 1984

PAGNOL
• La Gloire de
  mon père

PANCOL
• Les Yeux jaunes
  des crocodiles

PASCAL
• Pensées

PENNAC
• Au bonheur
  des ogres

POE
• La Chute de la
  maison Usher

PROUST
• Du côté de
  chez Swann

QUENEAU
• Zazie dans
  le métro

QUIGNARD
• Tous les matins
  du monde

RABELAIS
• Gargantua

RACINE
• Andromaque
• Britannicus
• Phèdre

ROUSSEAU
• Confessions

ROSTAND
• Cyrano de
  Bergerac

ROWLING
• Harry Potter à
  l'école des sor-
  ciers

SAINT-EXUPÉRY
• Le Petit Prince
• Vol de nuit

SARTRE
• Huis clos
• La Nausée
• Les Mouches

SCHLINK
• Le Liseur

SCHMITT
- La Part de l'autre
- Oscar et la
  Dame rose

SEPULVEDA
- Le Vieux qui
  lisait des romans
  d'amour

SHAKESPEARE
- Roméo et Juliette

SIMENON
- Le Chien jaune

STEEMAN
- L'Assassin
  habite au 21

STEINBECK
- Des souris et
  des hommes

STENDHAL
- Le Rouge et
  le Noir

STEVENSON
- L'Île au trésor

SÜSKIND
- Le Parfum

TOLSTOÏ
- Anna Karénine

TOURNIER
- Vendredi ou
  la Vie sauvage

TOUSSAINT
- Fuir

UHLMAN
- L'Ami retrouvé

VERNE
- Le Tour
  du monde
  en 80 jours
- Vingt mille
  lieues sous
  les mers
- Voyage au
  centre de
  la terre

VIAN
- L'Écume des jours

VOLTAIRE
- Candide

WELLS
- La Guerre des
  mondes

YOURCENAR
- Mémoires
  d'Hadrien

ZOLA
- Au bonheur
  des dames
- L'Assommoir
- Germinal

ZWEIG
- Le Joueur
  d'échecs

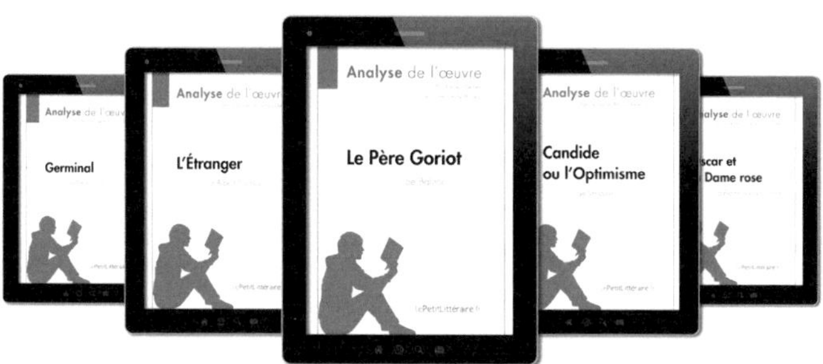